Heinrich Preschers

Die Aussteuer

Ein Nachspiel in 1 Aufz., nachdem Französischen einer noch ungedruckten

Operette. Mannheim 1773

Heinrich Preschers

Die Aussteuer
Ein Nachspiel in 1 Aufz., nachdem Französischen einer noch ungedruckten Operette.
Mannheim 1773

ISBN/EAN: 9783743624399

Hergestellt in Europa, USA, Kanada, Australien, Japan

Cover: Foto ©Andreas Hilbeck / pixelio.de

Weitere Bücher finden Sie auf **www.hansebooks.com**

Die
Aussteuer.

Ein Nachspiel

in
einem Aufzuge.

Nach dem Französischen einer noch ungedruckten Operette.

Mannheim,
bei C. F. Schwan, kurfürstl. Hofbuchhändler.
1778.

Personen.

Margrethe, eine alte Bäurin.

Sußchen, ihre Tochter.

Michel, Sußchens Bräutigam.

Jacob, ein junger Bauernbursche.

Frau Rosine, eines reichen Pachters Wittwe.

Der Amtmann.

Martin, der Schulz im Dorfe.

———————

Der Schauplatz ist in einem Dorfe. Das Theater stellt einen mit Bäumen besetzten Platz vor. Auf der einen Seite das Haus des Amtmanns, und auf der andern Seite Bauernhäuser.

———————

Erster Auftritt.

Frau Rosine
(geht in Gedanken auf und ab spazieren.)

Ein gar zu guter Mann ist freilich nicht viel besser als gar kein Mann. — Aber was man eigentlich einen guten Mann nennt — das ist doch eine herrliche Sache! — Ach! mein seeliger Mann, der war so gut, so gut — daß ich befürchte ich werde nie wieder so einen bekommen.

Zweiter Auftritt.

Fr. Rosine, Martin, der Schulz.

Martin. Guten Tag Frau Rosine!
Rosine. Seine Dienerin, Herr Schulz! Auch ein wenig spazieren gehen?

Mar=

Martin. Zu dienen, so ein wenig. Es ist eben so gar schönes Wetter.

Rosine. Das hat mich auch herausgelockt. Was giebts neues Herr Schulz?

Martin. Ich wüßte eben nichts besonders. Der Hr. Amtmann hat mir sagen lassen, ich sollte mich zu Hause halten, es würden heut ein Paar junge Eheleute kommen, die hundert Thaler Aussteuer aus der Stiftung bekommen sollen.

Rosine. So? Hundert Thaler Aussteuer? Das ist doch immer ein hübscher Anfang vor so junge Bauersleute. Aber sag er mir doch Herr Schulze, was hat es denn mit der Stiftung für eine Bewandnis. —

Martin. Ei, weiß Sie das nicht Frau Rosine?

Rosine. Woher soll ichs wissen? Ich bin ja noch nicht lange hier im Ort. Von meinem seeligen Mann hab ich so dann und wann ein Wörtchen davon gehört. Es war gewiß der Herr des Orts, der die Stiftung gemacht hat!

Mar.

Martin. Ja, so wars auch. Diese Stif=
tung ist noch zu meines Vaters Zeiten gemacht
worden. Es mögen jetzt wohl dreyßig Jahre
seyn.

Rosine. Nu! und der Herr?

Martin. Ei nun, der Herr hats eben so
gestiftet, daß von dem Capital, welches er
hinterlassen hat, alle Jahr einige Mädgen aus=
gesteuert werden sollen.

Rosine. War der Herr verheiratet?

Martin. Niemals. Er war ein Feind des
Ehestandes; ein ausgemachter Hagestolz.

Rosine. So! so! durch diese Stiftung
wollte er also gewissermassen wieder gut ma=
chen. —

Martin. Wie so? Was meynt sie damit? —

Rosine. Ja, ja! es werden wohl nicht die
häßlichsten gewesen seyn, die Gelegenheit dazu
gegeben haben.

Martin. Was das für Einfälle sind!

Rosine. Man weiß ja wohl, wie das geht.
Mag denn ein Mädgen im Dorf ihrem Herrn
etwas abschlagen? Die guten Kinder möchten

auch)

auch gern gefallen; da mengt ſich denn die Ei-
telkeit ins Spiel. Sie fangen an ſich zu putzen,
und der gnädige Herr läßt ſich zu ihnen herab
und nimmt vorlieb. Wenigſtens findet er da
mehrentheils was er in der Stadt und bei Ho-
fe nicht immer findet. Nun da iſts ja wohl
am Ende nicht zuviel wenn er ſie nacheinander
auch ordentlich ausſtattet.

Martin (lachend). Ei! was ſie da für ſchö-
ne Anmerkungen macht. Man ſolte meynen,
ſie hätte ſelbſt eine Ausſtattung verdient —

Roſine. Das nun eben nicht, Herr Schulze; aber ich weiß doch ſo ungefehr wie's in
der Welt hergeht. Wenns die Herren nur
noch wieder gut zu machen ſuchen, ſo mags
allenfals noch hingehen; aber mehrentheils iſt
das ihr geringſter Kummer. Sie wiſchens
Maul und denken nicht mehr daran. — Können denn alle Mädgen ohne Unterſchied Antheil an der Ausſteuer haben?

Martin. Nein, keine andere, als die auf
den Gütern des Stifters gebohren worden.

Ro-

Rosine. Er hat also, wie es scheint, nie auf fremder Gemarkung gejagt, und ist seinen Nachbaren nicht ins Gehege gekommen. Nu, das war doch hübsch!

Martin. Sie ist heut ja besonders aufgeräumt, Frau Rosine. Ich habe mir doch immer sagen lassen, daß die Jungfern und Wittwen im Maymonat am besten zu sprechen wären.

Rosine. Ich meyne, ich wäre alle Tage gut zu sprechen.

Martin. Sie muß wieder heiraten, Frau Rosine. Sie ist noch so jung, so schön — O! Sie darf nicht als Wittwe sterben; das wäre ja schade!

Rosine. Das beliebt ihm so zu sagen Herr Schulze. Verschworen hab' ichs eben noch nicht, einmal wieder zu heiraten. Aber es sind nur so gewisse Bedenklichkeiten dabei — Es ist so — — —

Martin. Sie meynt vielleicht es wäre noch zu früh, nach ihres Mannes Tode? —

Rosine. Ja, wie früh ists denn? Wars nicht im Spatjahr als mein Mann starb, und jetzt sind wir im May?

Martin. Nu, also! Was bedenkt sie sich lange —

Rosine. Ganz recht; aber sieht er, es ist mir nur darum, wenn ich mich wieder verheirate — —

Martin. Nu dann, wenn sie sich wieder verheiratet. —

Rosine. Ja, das wäre schon gut; aber —

Martin. Was brauchts da für ein aber? Ich will —

Rosine. Ja wenn er wollte — — —

Martin. Was meynt sie denn? ich habe ja noch nichts gesagt.

Rosine. O! ich meyne nichts; er hat aber etwas sagen wollen, und ich bitte um Verzeihung, daß ich ihm in die Rede gefallen bin. Er wollte sagen —

Martin. Ich weiß jetzt in Wahrheit selbst nicht mehr, was ich habe sagen wollen. — —

Es

Es scheint also, daß sie keine große Abneigung hätte, sich wieder zu verheiraten —

Rosine. Das ganz und gar nicht; aber ich müßte einen Mann haben — der —

Martin. Der so ein Tropf wäre, wie ihr voriger Mann; mit dem sie machen könnte, was sie wollte. Nicht wahr?

Rosine. O! er war so gut — Gott hab ihn seelig! (sie wischt sich die Augen.)

Martin. Ja wohl recht gut! Aber Frau Rosine ist nun eben nicht eine von den sanft- mütigsten. So sagt wenigstens die böse Welt (indem er sie zärtlich ansieht) wenn ich sie aber doch so recht ansehe, so meyne ich sie könnte doch so böse nicht seyn, als die Leute sagen.

Rosine. Die Leute sind Verläumder. Aus lauter Haß und Mißgunst haben sie das ge- sagt, weil ich mit meinem seeligen Mann so gut gelebt. Sagen sie doch auch von ihm nicht viel gutes, Herr Schulz.

Martin. Von mir? und was können denn die Leute von mir sagen? —

Roſine. Es heißt der Herr Schulz ſey ein wenig locker.

Martin. Das wird ſie doch nicht glauben Frau Roſine! ſieht ſie, ich habe ſo das an mir, daß ich den Weibsleuten gern ſcharf in die Augen ſehe (er ſieht ſie ſchelmiſch an) Gerad ſo, wie ich ſie da jetzt anſehe: und das mögen manche nicht vertragen können. Da hat man mir denn einen böſen Namen machen wollen.— Doch was plaudern wir davon. Es kommt mir, indem ich ſie ſo anſehe, ein Gedanke — wenns ihr nicht zuwider wäre — —

Roſine. Wenns nur in Ehren iſt, Herr Schulz; ſonſt ſag ich ihm — — —

Martin. Behüte Gott! was anders als in Ehren. Seh ſie, ich meyne eben ſie ſollte wieder heiraten, und für mich und meine Haushaltung wärs auch beſſer, wenn ich eine Frau hätte —

Roſine (ungeduldig). Nu, was will er damit ſagen?

Martin. Ei ich dächte, ſie ſollte mich ſchon verſtehen —

Roſi⸗

Rosine. Vielleicht — aber — —

Martin. Nichts aber; wenn sie Lust hat Frau Rosine, es mit mir zu wagen — hier ist meine Hand, so schlag sie ein.

Rosine. Meynt ers so, Herr Schulz? Ja, es wäre freilich wohl so ein Vorschlag, der aller Ehren wehrt ist, wenn nur —

Martin. Bedenk sie sich, Frau Rosine, wir sprechen uns wieder. (Er käßt sie) Aber das muß sie mir doch einsweilen auf die Treu geben. (Geht auf der Seite der Bauerhäuser ab).

Dritter Auftritt.

Rosine. Der Antrag, den mir da der Schulz gethan, sezt mich doch in einige Verlegenheit. Wenn ich jezt den Jacob nicht gesehen hätte, so würde ich mich keinen Augenblick bedenken. Der Schulz ist ein reicher Mann, nach dem Amtmann der vornehmste im Ort — aber Jacob ist jünger und gefällt mir besser — Auf Vermögen brauch ich nun auch eben nicht zu sehen. Wenn ich nur einen

Mann

Mann bekomme, der es zu Rath zu halten
weiß, ſo haben wir für uns und für ein halb
Dutzend Kinder genug. (Jacob kommt zwiſchen
den Bäumen hervor) Da kommt er; geh ich lieber, denn in ſeiner Gegenwart würde ich keine Wahl mehr haben. (Sie will gehen. Jacob
eilt auf ſie zu und ruft ihr.)

Vierter Auftritt.

Roſine, Jacob.

Jacob. Wohin Frau Roſine?

Roſine. Ah! ſeyd ihr da, Jacob? Wo
kommt ihr her?

Jacob. Ich hab da im Walde nach unſe-
ren Leuten geſehen, ob ſie auch fleißig ſind.
Bis morgen werden ſie mit dem Holz fertig.
Sie hat mich zu ihrem Oberknecht angenom-
men Frau Roſine; aber die Leute wollen mir
noch nicht recht pariren; ſie meynen ich wäre
noch zu jung und verſtünds noch nicht recht.
Aber ich wills ihnen ſchon weiſen.

Roſi.

Rosine. Was ihr sagt, Jacob, das soll so gut seyn, als ob ichs selbst gesagt hätte.

Jacob. (läßt ihr die Hand) Danke, Frau Rosine! danke!

Rosine. Ei, ihr seyd ja sehr galant, Jacob; wo habt ihr das gelernt?

Jacob. Ha! was lernt man nicht auf Reisen.

Rosine. So? auf Reisen? Also waret ihr auf Reisen? Und wo denn, wenn ich fragen darf?

Jacob. Ich bin länger als drei Jahr als Bedienter mit einem jungen Herrn in der Welt herumgezogen, den sein Vater auf Reisen schickte, um die große Welt kennen zu lernen. Nun da sieht und hört man ja allerhand schöne Sachen, und wie 's in der Welt hergeht. Da müßt' einer ja ein Klotz seyn, wenn man nicht auch ein wenig Manieren lernte.

Rosine. Ja wohl, das sieht man an euch. Ihr seyd also, wie es scheint, auch mit Frauenzimmern umgegangen?

Ja

Jacob. Mit wem sonst? Deshalb geht man ja auf Reisen. Das Frauenzimmer, pflegte mein Herr als zu sagen, macht eigentlich die große Welt aus, und wenn man die an jedem Ort gesehen hat, dann hat man alles gesehen. Sieht sie, wenn wir in eine Stadt kamen, so erkundigten wir uns zuerst nach dem besten Wirtshaus, und wenn wir das gefunden hatten, alsbann war die erste Frage: Giebts hier auch hübsches Frauenzimmer? Nun da findet man denn in großen Städten immer Leute genug die einem für Geld und gute Worte den Weg weisen.

Rosine. Ei, das wäre! drum seyd ihr auch wohl gleich zu mir gekommen. Wer hat euch denn hier den Weg gewiesen?

Jacob. Da hats nicht viel Wegweisens gebraucht. Sie ist ja die einzige hübsche Frau im ganzen Ort; Sie war leicht zu finden. Und dann hätt' ich mich auch zu keinem Bauern verbingen mögen. Meine Absicht war zum Amtmann in Diensten zu gehen; aber als ich sie gesehen hatte, dachte ich, es wäre doch

wohl

wohl besser bei einer so hübschen Frau in Diensten zu seyn.

Rosine. Nun ja, freilich; es ist eben niemand hier, der darauf sieht. Lauter grobe,
plumpe Bauren, die nicht gereiset sind. Und
was hat er denn sonst noch schönes gesehen?

Jacob. Ja, das fällt mir nun eben nicht
so gleich ein. Aber ich will ihr schon noch einmal damit dienen. Mein Herr hat alles das
in ein Buch zusammen geschrieben und hats
drucken lassen, damit auch andere Leute, die
kein Geld haben, die Welt selbst zu besehen, lesen können, wie's an andern Orten aussieht,
und wie's da hergeht.

Rosine. Das Buch möcht ich lesen! da wird
recht viel von schönen Herren und Frauenzimmern und von Liebeshistorien drinn stehen.

Jacob. Ei pfuy! das wäre ja ein Liebes-
roman. Davon steht kein Wort darin. So
lauter politische und gelehrte Sachen; von der
Regierung der Länder und Städte, und was
da vor Fehler und Unordnungen vorgehen, und
wie man den Ackerbau und die Viehzucht und
die

die Fabriken und das Weſen alle beſſer einrich-
ten könnte. Und dann von den Gelehrten und
ſo Sachen. — · Sie wirds ſchon leſen; Ich
kan ihr das alles nicht ſo ſagen. Es muß
wohl recht ſchön und gelehrt ſeyn; denn mein
Herr wollte von dem Mann, ders in die Welt
hineingedruckt hat, nichts für ſeine Mühe und
Schreiberei annehmen, da hat er mir, .als
ichs ihm brachte, einen großen Thaler Trinkgeld gegeben.

Roſine. Ei, denk doch! einen großen Thaler Trinkgeld! Aber ſagt mir einmal Jacob,
wie verſteh ich denn das Ding recht. Alles
das hat euer Herr bei dem Frauenzimmer gelernt? Nun, da ſieht man doch, was man alles von uns lernen kan.

Jacob. Das nun eben nicht. Was ſo die
gelehrte und Regierungsſachen ſind, die haben
wir alle am Wirtstiſch und von den Poſtillons
und Lehnlakayen gelernt. Da kommen in ſo
einem großen Wirtshauſe viel Leute hin eſſen; da
frägt man über dieſes und jenes; da giebt denn
ein Wort das andere, und die Leute, die aus dem
Ort

Ort selbst sind, die müssens denn doch wohl am besten wissen. Nun das schreibt man denn des Abends vor Schlafengehen auf, und so giebts nach und nach ein Buch ehe man daran denkt.

Rosine. Wie er das alles so artig hersa= gen kan! Aber habt ihr euch denn auf euren Reisen auch wohl einmal verliebt?

Jacob. Ja, wie's denn so geht Verliebt nun wohl eben nicht; denn das kan man ei= gentlich nur einmal in seinem Leben seyn, und ich wars in meiner Jugend.

Rosine. So? in eurer Jugend? Und in wen denn?

Jacob. Sie ist doch sehr neugierig Frau Rosine. Nu, ich darfs ihr wohl sagen. Sieht sie in dem Dorfe, sechs Stunden von hier, wo ich gebohren bin, wohnt ein reicher Bauer, er ist nun wie ich höre todt, aber die Frau lebt noch. Der hatte ein allerliebstes Mädgen; sie mag vielleicht vier Jahr jünger seyn als ich, das war nun mein Augapfel, und ich hätte sie gar gern einmal heiraten mögen. Ihr Vater

B   hätte

hätte auch nichts dagegen gehabt; aber die
Mutter iſt ein geiziger Satan, die wolte einen
reichen Mann für ihre Tochter haben; und weil
ich als zu ihrer Tochter kam und immer um
ſie war, da wards ihr bange, wir möchtens
einmal unter uns richtig machen. Da lief ſie
zu meinem Vater und macht einen Lerm vom
Teufel, und der, um Ruhe zu haben, ſchickte
mich fort zu einem Herrn in die Stadt. Nach-
her bin ich auf Reiſen gegangen und hab ſie
weiter nicht geſehen. Vermutlich wird ſie nun
ſchon verheiratet ſeyn, und eben darum hab ich
nicht in meine Heimath zurückgehen mögen,
denn ich könnts nicht anſehen, daß ein anderer
das Mädel zur Frau haben ſolte. Drum hab
ich mich bei ihr in Dienſt begeben, Frau Roſine.

Roſine. Daran habt ihr recht wohl gethan, mein lieber Jacob. Laßt euch das nicht
gereuen. Mit den jungen Mädgens iſts ohne-
hin ſo eine Sache. Sie verſtehen keine Wirt-
ſchaft, und das iſt doch die Hauptſache bei uns
auf dem Lande. Ich wüßte euch wohl hier
auch eine Frau. —

Ja-

Jacob. Wie so? Mir eine Frau?

Rosine. Ja, euch —

Jacob. Ha! nachdems eine wäre. Mein Sußchen ist nun doch einmal für mich verloren. — Ist sie hübsch? reich? noch jung?

Rosine. Wenn das wahr ist, was ihr vorher gesagt habt, so ist sie eben nicht häßlich. Sie sieht mir ganz ähnlich. Aermer ist sie auch nicht als ich, und sie wird auch so ziemlich mit mir in einem Alter seyn.

Jacob. Das läßt sich schon hören — Aber wird sie mich denn auch wollen, Frau Rosine?

Rosine. Dafür laßt mich sorgen; sie hält gar viel auf euch.

Jacob. Ohne mich zu kennen? das ist doch lustig!

Rosine. O! sie kennt euch schon!

Jacob. So? Nun so führe sie mich gleich zu ihr. Was liegt mir daran! Wenn ich mich weich setzen kan, und die Frau sonst nur halbweg vernünftig ist, so heirate ich frisch darauf los.

Ro

Rosine (reicht ihm die Hand.) Ists ein Wort?

Jacob (schlägt ein.) Bei meiner armen Seele! es ist mein Ernst. Sußchen bekomm ich nicht mehr, und des Herumziehens in der Welt bin ich auch müde.

Rosine (lustig.) Nun lieber Jacob, so wollen wir Hochzeit machen so bald es seyn kan. Ihr habt mir von dem ersten Augenblick an gefallen, ich hoffe ihr werdet meinem Hauswesen gut vorstehen, und ihr solts recht gut bei mir haben. Dann werden euch auch meine Leute besser pariren.

Jacob (mit Verwunderung.) Was Teufels ist das? Sie selbst Frau Rosine? — Meinetwegen! — Aber nur eins will ich mir noch im Contrakt oben ein bedingen: daß der Herr Schulz mir aus dem Hause bleibt. Die Leute haben mir gesagt, sie hätte als ihren seeligen Mann so ein wenig — — — Und sie weiß wohl, allemal ist man nicht gleich aufgeraumt. Ich bin darin ein närrischer Kerl; ich hab gern so meine Sache für mich.

Ro,

Roſine (drückt ihm die Hand.) Sorgt nicht,
mein lieber Jacob, es wird alles gut gehen.
Kinder hab ich nicht, und mein Vermögen iſt
ſo, daß wir niemand unterthan ſeyn dürfen.
Wenn ihr mich lieb habt, ſo werdet ihr ſehen,
was ihr für ein gutes Weib an mir bekommt.
(zärtlich) Nun, laßt euch inzwiſchen die Zeit
nicht lang werden; ich will nur zu jemand in
der Nachbarſchaft gehen, wo ich Zinſen zu
empfangen habe. Bis aufs Wiederſehen!

Jacob (allein, und nachdem er vorher eine Zeit-
lang in tiefen Gedanken geſtanden.) Komm ich
da auf einmal zu einer Frau, und weiß nicht
wie! — Es iſt drum ein gewagter Handel
— Hätt doch lieber mein Sußchen genom-
men — Es geht eben nichts über die erſte
Liebe!

—————

Fünfter Auftritt.

Jacob, Margrethe und Sußchen,

(die durch den Wald aus dem Grunde des Theater
hervorkommen).

Jacob. Ein paar Weibsleute? — die sind
doch nicht hier aus dem Ort; ich meyne aber,
ich müßte sie kennen (sie kommen näher und er
betrachtet sie aufmerksam). Ich glaube beim Teufel! das ist mein Sußchen mit ihrer Mutter. —
Ja sie ists, bei meiner Seele! (er springt freudig auf sie zu).

Margrethe. Ei, Jacob, wie kommst du
hieher?

Sußchen. Mein lieber Jacob!

Jacob (freudig um Sußchen herum springend).
Hätt ich mirs doch nicht träumen lassen, mein
Herzens Sußchen, dich hier zu sehen.

Margrethe. Gelt! sie ist recht groß ge-
worden? Kennst du sie noch?

Jacob (nimmt sie in den Arm). Das meyne
ich, daß ich sie kenne. Wo wollt ihr aber hin?

Mar-

Margrethe. Nicht weiter als zum Amt=
mann hier in diesem Ort!

Jacob. Gott bewahr euch! Habt ihr Pro=
zeß, daß ihr vor Amt erscheinen müßt?

Margrethe. Ei, ja wohl, Prozeß! Wir
wollen hundert Thaler Heiratsgut holen.

Jacob. Und für wem das?

Margrethe. Ei für wem anders, als für
Sußchen. (Sußchen giebt durch Zeichen dem Ja=
cob ihr Mißvergnügen zu verstehen).

Jacob (betroffen). Für Sußchen, sagt ihr?

Margrethe. Ja freilich. Da hat ein ge=
wisser Herr, Gott hab ihn selig! Es muß ein
gar braver Herr gewesen seyn; ja da hat ein
gewisser Herr, sag ich, eine Stiftung gemacht,
für junge Eheleute, siehst du Jacob, und das
bekommt jetzt mein Sußchen.

(Die Alte muß ihre ganze Rolle mit vieler schein=
baren Unruhe spielen, als ob sie weder Zeit
noch Geduld habe.)

Jacob. Für junge Eheleute? Ist denn
Sußchen verheiratet?

Margrethe. Verheiratet noch nicht; aber versprochen, mit einem reichen, reichen Burschen. Du kennst ihn; es ist der Michel aus unserm Ort, des alten Gerichtmanns Sohn. Er ist dir gar zu reich!

Jacob. Den Dummerjan will Sußchen heiraten? Das willst du Sußchen?

Sußchen. Muß ich denn nicht?

Margrethe (zornig). Was mußt du? Nichts mußt du? Ists nicht ein braver Bursch? Hast du nicht ja gesagt? Habt ihr euch nicht einander die Hand und etwas auf die Treu gegeben? Ha! rede, kannst du das anders sagen?

Sußchen (betrübt). Freilich wohl, aber gern hab' ichs doch nicht gethan!

Margrethe. Halts Maul einfältig Ding! da setzt euch beide untern Baum, ich will zum Amtmann laufen; wir müssen heut noch wieder fort. Ich bin gleich wieder bei euch.

Sech=

Sechster Auftritt.

Jacob, Sußchen (setzen sich).

Jacob. Aber sag mir herzens allerliebstes Sußchen, wie kannst du dich nur entschließen, das Schlaraffengesicht von einem Kerl zu heiraten! einen Burschen, der nichts in der Welt weiß, als wie man ein Fuder Mist laden muß. Hat denn das leidige verdammte Geld deiner Mutter die Augen ganz verblendet! Ach Sußchen, weißt du noch, wie ich dich so lieb hatte, und du mich, und wie wir uns ewige Treue zusagten. Sieh, wenns noch ein Kerl wäre — O! ich mag gar nichts sagen — aber so einen —

Sußchen. Sag mir nur nichts davon lieber Jacob. Ich habe schon genug darüber geweint; und wenn ich so des Nachts vor lauter Prast nicht schlafen können, dann hab' ich mich ins offne Fenster gelegt, und hab in alle Welt hinein gekukt und hab gedacht, wo mag Jacob seyn! Wenn ders wüste! Und dann hab ich gemeint ich hört dich kommen; da

wars

wars aber nichts. Wärſt du nur da geweſen,
vielleicht hätt' ſichs doch noch gemacht, daß
wir beide zuſammen gekommen wären!

Jacob. Meynſt du das Sußchen? So haſt
du mich alſo noch immer lieb?

Sußchen. Wen ſolt ich anders lieb haben
können als dich! du weißt es ja, Jacob!

Jacob. Ich kan nur nicht begreifen, warum der Laffe von Bräutigam euch hat ſo allein reiſen laſſen; beinahe ſechs Stunden durch
den Wald, zwei Weibsleute mutterſelig allein.
Hätt' euch da nicht ein Unglück zuſtoſſen können! Ich laß euch nicht ſo allein wieder zurück gehen, zumal mit dem vielen Geld. Ich
begleit euch, bis an unſern Ort; aber hinein
geh ich dir keinen Tritt. Nein Sußchen, hinein geh ich dir keinen Tritt. Bis ans Dorf
will ich mit euch gehen, und dann will ich
mich auf einmal umkehren und gar nicht mehr
zurück ſehen. Wie mirs aber dann zu Muth
ſeyn wird Sußchen — daran mag ich nicht
denken — Was das ein Kerl iſt! läßt ſeine

Braut

Braut ſechs Stund Weges mit ihrer Mutter allein durch den Wald gehen!

Süßchen. Ja, wenn er nicht ſo geizig wäre! Er hat gemeynt, wenn er mit uns gienge lief ihm daheim Hauß und Hof weg. Und ich will dir noch wohl etwas ſagen, Jacob (vertraulich). Ich glaub er hat gefürchtet, er müſſe uns unterweges frei halten.

Jacob. Der garſtige Filz! kommt er mir einmal unter die Hände!

Süßchen (zärtlich). Es iſt mir nur lieb, daß ich dich noch vorher einmal geſehen habe, ehe ich mit ihm kopulirt werde. Nun wirſt du mirs doch eher glauben, daß ich dich noch lieb habe, als wenn ich ſchon eine Frau wär.

Jacob. Meynſt du Süßchen? (er küßt ſie) du biſt ein liebes, liebes Mädgen. Mich wundert aber doch, daß er ſich nicht vorher hat mit dir trauen laſſen, weil er doch ſo auf die hundert Thaler verſeſſen iſt.

Süßchen. Ja, er will mich nicht eher, bis ich die hundert Thaler habe.

Ja∙

Jacob. O! ſo wollt ich, daß du ſie nim‐
mermehr bekämſt.

Sußchen. Ich wollts auch, und wollte
mich noch oben drauf recht freuen. Aber ſieh, wie
meine Mutter da ſo eilig hergelaufen kommt.
Der Amtmann muß ihr keinen guten Beſcheid
gegeben haben. O! wenn wir die hundert
Thaler nicht bekämen, ſo braucht ich doch auch
den garſtigen Michel nicht zu heiraten.

Siebenter Auftritt.

Margrethe, die Vorigen.

Margrethe (ganz auſſer Athem). Nun ha‐
ben wirs gut! Verdammt ſey doch des Michel
ſein Eigenſinn! Ich ſagts ihm wohl, er müſſe
mit hieher — da hat mirs eben eine Frau aus
dem Ort geſagt, eine alte Bekannte von mir
und die um die ganze Stiftung von den hun‐
dert Thalern weiß; er muß mit vor dem Amt‐
mann erſcheinen, ſonſt bekommen wir das
Geld nicht.

Suß‐

Sußchen. Habt ihr denn den Amtmann schon gesprochen?

Margrethe. Ei nicht doch! ich sag dirs ja. — Was fangen wir nun an? Sollen wir den weiten Weg wieder zurück und dann wieder hieher? — O ich möchte vor Zorn ersti- cken! Wart Michel! das solst du mir hören. (Sie läuft wie unsinnig herum).

Jacob. Ja, da wird wohl nichts anders zu thun seyn. Ich begleit euch durch den Wald.

Margrethe. So? erst den Weg her; und nun wieder zurück, und dann wieder her, und wieder zurück. Das wären zusammen bei 24 Stunden — Sagst du denn nichts Sußchen? Kannst du denn nichts sagen? Wie stehst du da?

Sußchen. Was soll ich sagen? Ich weiß nicht, was zu thun ist.

Margrethe (nachdem sie ein wenig nachgedacht). Weißt du was Jacob, du kannst uns aus der Noth helfen. Ja das kannst du ohne deinen Schaden.

Ja-

Jacob. O! wenn ich das kann, von Herzen gern!

Margrethe. Hör Jacob, du solst dich vor Sußchens Bräutigam ausgeben. Ich bin ja dabei; es hat ja nichts zu sagen und ist nur zum Schein. Sieh Jacob, nur so lang, bis ich die hundert Thaler habe. Du kanst uns schon den Gefallen thun. Ich hab dir ja in deiner Jugend manchen Apfel gegeben. Das kanst du uns wohl thun (ihn schmeichelnd).

Jacob. Das könnt ich nun freilich wohl, wenn weiter nichts dabei zu bedenken wäre. Aber wie denn da, wenns der Amtmann erfährt.

Margrethe. Kennt dich denn der Amtmann?

Jacob. Schwerlich; meines Wissens hat er mich noch nie gesehen; aber er wird mich künftig sehen, denn ich bin Willens mich hier im Ort zu setzen und zu verheiraten.

Sußchen. Das willst du Jacob? Ach! hätt' ich dich doch nur lieber nie wieder gesehen!

Mar-

Margrethe Mußt du dich denn gerade hier verheiraten? In unserm Ort giebts ja auch Mädel. Aber da kommt ein Herr durch die Bäume gegangen; der sieht gerade so aus, als obs der Amtmann wäre. Ich will ihm entgegen gehen; laß dir ja nichts merken Jacob; hörst du? Verrath uns nicht. (Sie läuft dem Amtman entgegen und scheint in der Ferne mit ihm zu sprechen, nachdem sie viele lächerliche Verbeugungen gemacht).

Jacob (ruft ihr nach) Aber ihr bedenkt nicht — Sie hört nichts mehr. Was soll aus dem Spaß werden!

Sußchen. Nun was ists denn Jacob? Kommt dirs denn so sauer an, auch nur zum Schein mein Bräutigam zu seyn?

Jacob. Eben das ist es, weil ichs nur zum Schein seyn soll.

Achter Auftritt.

Der Amtmann, Margrethe, die Vorigen.

Der Amtmann (indem er näher tritt, zu Margrethe). Das sind also da die jungen Leute?

Mar·

Margrethe (die ganze Scene durch in Verlegenheit.) Ja gnädiger Herr! (Sußchen und Jacob machen ihr Compliment.)

Der Amtmann. Ein hübſches Paar! Da
wird der König brave Recruten bekommen!

Margrethe. Zweifle nicht, gnädiger Herr!

Der Amtmann. Aber den Michel hätt ich
nicht mehr gekannt. Ihr ſagtet mir doch es
ſey des Gerichtmanns Sohn? Der hat ſich
ſehr verändert. Sonſt wars ein unanſehnli-
cher Bube. Wie der herausgewachſen iſt!
Seyd ihr denn ſchon lange hier?

Margrethe. Vor einer Stunde ſind wir
angekommen, gnädiger Herr.

Der Amtmann. Und wolt heut noch wieder
fort? das geht nicht an. Ihr kommt vor
Nacht nicht mehr nach Hauſe.

Margrethe. Wir haben Mondſchein, Herr
Amtman.

Der Amtman. Thut nichts, ihr bleibt bei
mir. Ich muß doch den Herrn Schulz kommen laſſen, daß er bei der Auszahlung des
Geldes gegenwärtig ſey. Da ſeyd ihr heut

Abend

Abend meine Gäſte. Ich habe gern Leute von
eurer Art um mich; ihr müßt mir erzählen
was es in eurem Ort neues giebt. (Er ſtreichelt
Sußchen.) Und ſo ein junges liebes Weibchen
laß· ich nicht von mir, bis ſie ſich erholt und
ausgeruhet hat.

Margrethe. Zu viel Ehre für mein Mädgen — für meine Tochter wolt ich ſagen —
Aber gnädiger Herr, wir möchten gern gleich
wieder fort, ſobald wir das Geld haben. Soll
ich, allenfalls zu dem Herrn Schulz gehen und
ihn her rufen.

Der Amtmann. Nicht doch, er wird ſchon
kommen. Das hat noch Zeit bis morgen früh.

Margrethe (verlegen.) Bis Morgen früh?

Der Amtmann. Ja, ja; bis Morgen früh.
Ich will für eure junge Leute ein gutes Bett
zurecht machen laſſen, und euch ſolls auch an
einem guten Lager nicht fehlen.

(Jacob und Sußchen müſſen die ganze Scene
hindurch eine gute Pantomime ſpielen.

C   Mar-

Margrethe. Das kan unmöglich seyn,
gnädiger Herr. Ich bitte, haben Sie die Gna-
de, wir müssen heut Abend noch fort...

Der Amtmann (nimmt Sußchen bei der Hand.)
Ei Possen! das weiß ich besser (zu Sußchen)
Nicht wahr junge Frau, sie schläft lieber mit
ihrem Mann da in einem guten Bette, als
daß sie die Nacht unterweges oder unter einer
elenden Hütte zubringt? Nicht wahr? — Und
ihr, junger Ehemann, wie kommt ihr mir vor?
Ihr steht ja da so hölzern, als ob ihrs schon
satt hättet. Wie ists mit euch?

Jacob und Sußchen (zugleich.) O! gnädiger Herr!

Margrethe. Sie sind noch gar blöde, gnädiger Herr. Sie würden in einem fremden
Hause nicht bei einander schlafen können.

Der Amtmann (lachend.) Nun das ist lustig! das wollen wir sehen. Ich führ sie einmal heut Abend selbst zu Bette, und schließe
die Thür hinter ihnen zu, da wollen wir doch
sehen, ob sie so blöde sind und nicht bei einander schlafen.

Mar-

Margrethe. Bitt unterthänigst gnädiger Herr! Es geht gewiß nicht an; sie können nicht bei einander schlafen.

Der Amtmann. Sie können nicht, sagt ihr? Ja das ist ein anders. Aber hört, wenn ihr mir so viel Gesperre wegen dem beieinanderschlafen macht, so könnte ich wohl gar auf die Gedanken kommen, als ob ihr mich hintergehen woltet. Doch der Trauschein muß das ausweisen; den habt ihr doch bei euch? (Sie sehen sich alle sehr verlegen an.)

Margrethe. Den Trauschein?

Der Amtmann. Ja, ja! den Trauschein: denn ich muß doch wissen, ob die jungen Leute auch wirklich mit einander verheiratet sind.

Margrethe. Ja wohl gnädiger Herr — Aber —

Der Amtmann. Nun das wird sich schon geben. Ich will inzwischen voran gehen und die Bestellung machen. Ich bin bald wieder bei euch (geht ab.)

Neun-

Neunter Auftritt.

Margrethe, Sußchen, Jacob.

Jacob. Was sagt ihr jetzt, Margrethe?

Margrethe. Meynt man doch der Teufel habe sein Spiel mit uns.

Sußchen. Ihr habts ja so haben wollen — Und wie kan ich denn nun beim Jacob schlafen? ich bin ja nicht mit ihm kopulirt. — Und der Amtmann wills nun doch so haben.

Margrethe. Verdamter Michel! an allem dem bist du schuld!

Sußchen. Reisen wir lieber gleich auf der Stelle wieder fort. Jacob geht mit uns, und die hundert Thaler mag bekommen wer will.

Jacob. Das wolte ich nun nicht rathen. Ihr habt zwar zu thun und zu lassen, was ihr wolt; aber ich dächte, das wäre fast eben so gefährlich, als des Herrn Amtmanns seine Gastfreiheit. Er würde uns für Betrüger halten, uns durch seine Leute aufsuchen und wohl gar ins Gefängnis werfen lassen.

Mar.

Margrethe. Möchte man nicht rasend werden! Sag mir nur, was sollen wir anfangen Jacob? Sag mir's nur!

Jacob. Das gescheuteste wäre, wir sagtens dem Amtmann so wie's ist.

Margrethe. Um alles in der Welt nicht; da wärs ja noch ärger, und die hundert Thaler bekämen wir auch nicht.

Sußchen. Aber wenigstens könnten wir ihm doch sagen, daß wir noch nicht kopulirt sind.

Margrethe (schlägt sich vor die Stirn). Seyd ihr nicht alle beide dumme Kinder! Warum habt ihr ihm denn das nicht gleich gesagt? Ei Jacob soll ja nur den Bräutigam vorstellen. — Da kommt der Amtmann schon wieder; wir wollens ihm gleich sagen.

Zehnter Auftritt.
Der Amtmann, die Vorigen.

Der Amtmann. Jetzt ist alles bestellt. Der Schulz wird gleich kommen. Ihr dürft nur

euren

euren Trauschein vorzeigen, dann könnt ihr das
Geld noch heut Abend empfangen. Aber ich
laß euch doch nicht eher als morgen fort; da
könnt ihr, wenn ihr denn nicht anders wollt,
bei Anbruch des Tages gehen. (Sie sehen sich
alle verlegen an).

Margrethe. Den Trauschein?

Der Amtmann. Ja, ja; den Trauschein;
ich habs euch ja schon vorher gesagt. Den
müssen wir nothwendig haben.

Margrethe. Gnädiger Herr, wenn Sie
nicht wollten böse werden, so wollte ich Ihnen
wohl sagen.

Der Amtmann. Nu, warum soll ich böse
werden. Was ists? nur heraus damit.

Margrethe. Ich weiß nicht, gnädiger
Herr — Aber es ist nur — die jungen Leute
da —

Der Amtmann. Nun, die jungen Leute
da? —

Margrethe. Sie sind zwar mit einander
versprochen, aber kopulirt sind sie noch nicht.

Der

Der Amtmann. Das thut mir leid; da habt ihr eine vergebliche Reise gethan. Ich darf euch das Geld nicht geben.

Margrethe. Wir wußten das nicht und glaubten —

Der Amtmann. Da hättet ihr euch vorher erkundigen sollen.

Margrethe. So müssen wir denn lieber wieder zurück reisen. Aber Herr Amtmann, wenn die Leute einmal ordentlich mit einander verlobt sind, so ists doch so gut als ob sie schon halb kopulirt wären. Ich dächte Sie könnten schon darin einmal nachsehen.

Der Amtmann. Wißt ihr was, ihr Leute, ich will euch aus der Verlegenheit helfen. Ihr seyd nun einmal da, und es wäre mir leid; wenn ihr den Weg noch einmal hin und her machen solltet. Ich will den Geistlichen kom= men lassen, der soll euch hier in meinem Hause kopuliren; damit ist die Sache gethan. Ihr könnt dann die hundert Thaler empfangen und morgen zurückgehen. (Jacob und Sußchen lächeln

ein

ein ander an; der Amtmann bemerkt es) — Nicht
wahr, der Anschlag gefällt euch?

Jacob und Sußchen (zugleich). Wie. Sie
befehlen, gnädiger Herr!

Margrethe (winkt ihnen und macht ein zornig
Gesicht). Das wäre ja unhöflich, wenn wir
dem Herrn Amtmann so eine Ungelegenheit im
Hause verursachen sollten.

Der Amtmann. Das macht mir keine Ungelegenheit. Ich werde euch da keine große
Hochzeit ausrichten; damit könnt ihrs hernach
zu Hause halten, wie ihr wollt. (zu den jungen
Leuten). Euch wirds wohl einerlei seyn, wo
die Hochzeit ist; nicht wahr? Habt ihr sonst
noch etwas bei euch, so bringts hieher in mein
Haus.

Margrethe (in großer Verlegenheit). Nichts
gnädiger Herr, ausser eine Kleinigkeit, die ich
hier im Dorf abgeben soll.

Der Amtmann. Nun so geht und bestellt
euer Gewerbe. Michel kan euch begleiten und
Sußchen bleibt so lange bei mir.

Mar-

Margrethe. Verzeihen Sie, gnädiger Herr! (Sie winkt der Sußchen).

Der Amtmann (nimmt Sußchen bei der Hand). Was doch die alten Leute so viel Umstände machen! Geht ihr mit eurem Tochtermann und kommt bald wieder, es soll eurem Sußchen nichts leids geschehen. (Jacob und Margrethe gehen ab und leztere drückt durch ihre Gebehrden ihren äussersten Unwillen aus).

Eilfter Auftritt.

Der Amtmann und Sußchen.

Der Amtmann. Kommt ihr her junges Bräutchen; wir wollen uns da hier vor meine Thür auf die Bank niedersetzen, bis sie zurückkommen. Es ist da angenehmer, als im Hause. Habt ihr ihn den recht lieb, euren Michel?

Sußchen. O ja! Herr Amtmann; ich hab ihn so lieb, sie glaubens nicht —

Der Amtmann. Das freut mich. Euer Vater war ein braver Mann ich wollte daß er noch lebte. Euer Michel sieht recht gut aus;

ich hätt's dem Burschen nicht angesehen, daß
noch so ein Kerl aus ihm werden würde.
(Frau Rosine kommt von der andern Seite.) Ha!
da kommt Frau Rosine; das ist gut, die soll
uns Gesellschaft leisten.

Zwölfter Auftritt.

Frau Rosine, die Vorigen.

Rosine. Ihr Dienerin, Herr Amtmann.

Der Amtmann. Willkommen Frau Rosine!
Was ist zu ihren Diensten? Sie kommt eben
recht.

Rosine. Wie so, Herr Amtmann?

Der Amtmann. Ei da will ich heut Abend
ein Paar junge Leute zusammen geben, und da
lade ich sie zur Hochzeit ein.

Rosine. Ei das gesteh ich! Ich hätte auch
ein Paar Wort mit dem Herrn Amtmann zu
reden.

Der Amtmann. Etwas heimliches? Wo
nicht so sag sie es immer; ich sitz hier so gut,
es würd' mich verdrießen, wenn ich aufstehen
müß-

müßte. Setze sie sich da zu mir her. (Sie setzt sich neben den Amtmann.)

Rosine (indem sie sich setzt.) Mit Erlaubnis — Ich kans wohl laut sagen — Es ist eben — ich will mich auch wieder verheiraten.

Der Amtmann. Recht so Frau Rosine; eine so hübsche junge Wittwe kan das mit allem Recht thun. Und wer ist denn der Bräutigam, wenn ich fragen darf?

Rosine. Er ist nicht von hier. Es ist ein gewisser Jacob, ein feiner junger Bursche, der auf Reisen gewesen ist und seine Sachen wohl versteht.

Sußchen (erschrickt und horcht aufmerksam auf.) Jacob sagt ihr?

Rosine. Ja, so heißt er. Kennt ihr ihn, meine Tochter?

Sußchen (verlegen.) Ja ich kenne einen, der so heißt.

Der Amtmann. Das glaub ich wohl; es giebt mehrere, die so heissen. Nun, Frau Rosine, diesen Jacob sagt sie

Ro=

Rosine. Den will ich heiraten Herr Amtmann, und ich hab es Ihnen nur anzeigen wollen. Ich hab ihn erst seit acht Tagen als Oberknecht; aber ich finde daß es besser ist, wenn ich ihm meine Haushaltung ganz übertrage. Ich habe mich bereits mit ihm versprochen.

Sußchen. Mit ihm versprochen? (beiSeite.) Der Ungetreue!

Der Amtmann (der Sußchens Unruhe bemerkt.) Ei Sußchen, was geht euch denn der Jacob an, daß ihr so vielen Antheil daran nehmt?

Sußchen. O! nichts — ich meynte nur — (Man sieht den Michel in der Ferne durch den Wald kommen ganz staubig und erhitzt.)

Der Amtmann. Wer kommt denn da noch Frembes?

Sußchen (erkennt Micheln und thut einen lauten Schrei.)

Der Amtmann. Was fehlt euch, mein Kind?

Rosine. Es scheint ihr nicht wohl zu seyn.

Der Amtmann (zu Rosine.) Führ sie sie doch ins Haus, Frau Rosine. Die jungen Bräu-

Erdute bekommen dann und wann so Zufälle.
(Rosine führt Suschen ins Haus und der Amtmann
folgt ihnen nach.)

Dreizehnter Auftritt.

Michel, und hernach Jacob und Margrethe.

Michel. Hab ich mich nicht ganz ausser
Athem gelaufen! Ja wenns nicht um die
hundert Thaler willen wäre, keinen Schritt
hätte ich vor die Thür gethan. Um ein Mäd-
gen so weit zu laufen und zu Hause alles im
Stich lassen? — Ei was braucht ich das? —
Wenn ich jetzt nur gleich wüßte wo sie wäre.
(Margrethe und Jacob kommen von der andern Seite.)
Ha! da kommt ja Mutter Margrethe. Wo
hat sie denn ihre Tochter? Und wer ist der
Bursche, der mit ihr kommt?

Margrethe (voll Freuden, indem sie Micheln
sieht.) Ach! bist du da, mein Herzens bester
Junge! du hättest zu keiner gelegnern Zeit
kommen können!
(Während der Zeit, da diese miteinander sprechen,
geht der Schulz, den sie höflich grüßen vor ihnen
vorbei und in des Amtmanns Haus.)
Mi-

Michel. Ja, das glaub ich! Hat mirs der Franz, unſer Schulz doch geſagt. (Lacht auf eine bäuriſche Art.) Gelt ihr habt die hundert Thaler ſchon im Sack? Ha! ha! ha! Ja, wart' ein Bischen, ich muß auch dabei ſeyn. Wo ich nicht bin, da giebts nichts.

Margrethe. Haſt wohl recht, Michel. Wolt du wäreſt gleich mitgegangen; hättſt uns viel Kopfbrechens und Wirrwarr erſpart.

Michel. Ei doch! das wär!

Margrethe. Sind recht in Aengſten geweſen.

Michel. Ei, was ihr ſagt! Wo iſt denn Sußchen?

Margrethe. Beim Herrn Amtmann.

Michel. Ei was, beim Herr Amtmann? Was macht ſie denn da?

Margrethe. Ja, du guter Michel, wenn du heut nicht gekommen wäreſt, ſo wär dein Sußchen für dich hin geweſen.

Michel. Wie ſo? Will ſie der Amtmann heirathen? Was iſt vorgegangen?

Mar-

Margrethe. Das will ich dir ein andermal erzählen; aber das sag ich dir, heut Abend wirst du noch kopulirt.

Michel. Wie? Was? Warum?

Margrethe. Der Herr Amtmann will euch die Hochzeit ausrichten; es ist schon alles be= stellt.

Michel. Ja, hat er denn gewußt, daß ich komme?

Margrethe. Das nun eben nicht, aber — ich will dir schon noch alles erzählen, wie's hergangen ist. Kennst du denn deinen alten Cameraden hier nicht?

Michel. Ei, ich wolte schwören, es wäre Jacob.

Jacob. Hast nicht unrecht Michel; brauchst nicht zu schwören.

Vierzehnter Auftritt.

Die Vorigen und der Amtmann, (der mit Rosinen und Sußchen aus dem Hause kommt.)

(Michel macht allerhand lächerliche Krazfüße. — Margrethe sieht sehr vergnügt aus, und Jacob scheint in Verlegenheit zu seyn.)

Rosine (indem sie Jacob erblickt.) Da ist er, Herr Amtmann, da ist er.

Der Amtmann. Wer denn?

Rosine. Mein künftiger Mann, mein lieber Jacob.

Der Amtmann. Der da ihr lieber Jacob? der heißt ja Michel, und ist Sußchens Bräutigam.

Rosine. Ei nicht doch, Herr Amtmann, Sie irren sich; es ist Jacob, der nemliche Jacob, den ich heiraten will. (Sie läuft auf Jacob zu, und führt ihn bei der Hand zum Amtmann). Sagt mir lieber Jacob, heißt ihr nicht so.

Jacob. Ich heiße Jacob.

Der Amtmann. Das kann wohl seyn, vielleicht Michel Jacob, oder Jacob Michel; aber der

der sogenannte Jacob ist doch nicht ihr Bräutigam Frau Rosine, sondern Sußchens Bräutigam.

Michel (tritt mit vielen Verbäugungen hervor). Mit Gunst Herr Amtmann, der bin ich).

Der Amtmann. Was sagt denn ihr Sußchen? Habt ihr zwei Bräutigams.

Sußchen (lacht und verneigt sich).

Rosine. Nicht doch Herr Amtmann; dieser Jacob hier ist mein; wem der andere Tölpel da zugehört weiß ich nicht.

Michel (trotzig). Ich bin kein Tölpel, ich; ich bin der Bräutigam, der die hundert Thaler bekommt.

Rosine. Das mögt ihr meinetwegen seyn; was geht das mich an.

Der Amtmann. Nun Sußchen, was sagt ihr denn dazu? ihr müßts ja auch wissen. Welchen von den beiden wollt ihr denn heiraten.

Sußchen (verneigt sich). Sie wissens ja,
Herr Amtmann.

Der Amtmann. Nur frisch heraus gesagt.

Sußchen (zeigt auf Jacob). Den da!

Margrethe (auf ihr zu). Was sagst du,
unverschämtes Ding!

Rosine (zu Sußchen). Das laßt euch ver=
gehn, Jüngferchen; der ist schon versorgt.

Michel (macht ein Paar große Augen; endlich
drängt er den Jacob zurück und stellt sich vor ihn hin).
Sie meynt mich, Herr Amtmann; sie meynt
mich.

Der Amtmann. Ich glaube schwerlich,
mein guter Bursch. Wißt ihr was ihr Leute,
laßts nur gut seyn, ich weiß alles. Sußchen
hat mir gebeichtet.

Margrethe (zornig zu Sußchen). Wart du
Rabenaas (zum Amtmann). Es ist erlogen
gnädiger Herr; alles erlogen. Der hier ist ihr
rechter Bräutigam (auf Micheln deutend).

Jacob. So? vorher in der Noth war ich
euch gut genug.

Mar=

Margrethe und **Rosine,** (die eine ergreift die
rechte, die andere die linke Hand des Amtmanns und
schrieen beide zugleich). Herr Amtmann! hören
sie, Herr Amtmann!

Der Amtmann (reißt sich los). Still doch,
ihr Leute! Seyd vernünftig und verderbt mir
meinen Spaß nicht.

Michel. Ich laß nicht von ihr ab, und
wenn mirs zehn Thaler kosten sollte. Ich hab
mich ehrlich mit ihr versprochen, und muß die
hundert Thaler haben.

Rosine. Er hat mir sein Wort gegeben,
und wenn er mich sitzen läßt, so verklag ich
ihn vor Amt.

Der Amtmann. Nun gut dann, so seyd
ruhig und hört was ich von Amtswegen erken-
ne. (Sie stellen sich alle in einer ehrbietigen Stel-
lung vor ihm hin). So viel ich von der ganzen
Sache aus Sußchens eigenem Munde erfahren
habe, so hat sie sich zwar mit Micheln öffent-
lich verlobet, aber gegen ihren Willen und nur
aus Zwang und Gehorsam gegen ihre Mutter.

Was

Was man gezwungen thut, verbindet nicht; folglich ist Sußchen noch so gut als ledig und frei. Jacob und Sußchen haben sich von Jugend auf geliebt, und lieben sich noch jetzt ohne alle Neben-Absichten. Michel ist ein geiziger Filz (Michel macht Reverenze) dem es nur um die hundert Thaler zu thun war, und der aus Geiz seine Braut nicht einmal hieher begleiten mochte. Er mag also wieder hingehen, wo er herkommen ist. Jacob wird heut Abend mit Sußchen kopulirt und empfängt die Aussteuer. Was sie, Frau Rosine, anbetrift, so dächt ich, der Herr Schulz schickt sich besser für sie, und ich habe gemeynt, sie wäre schon richtig mit ihm (der Schulz tritt bei diesen Worten unter die Hausthüre). Es wäre immer gut, wenn er von dem ganzen Handel mit dem Jacob nichts erführe. Das war so eine kleine weibliche Uebereilung: (Er erblickt den Schulz und winkt ihm, näher zu kommen. Frau Rosine schlägt beschämt die Augen nieder).

Funf=

Funfzehnter Auftritt.

Die Vorigen, der Schulz.

Der Amtmann. Nun, wie iſts Herr Schulz? da iſt Frau Roſine. Ich meyne er hätte mir einmal ſo von weitem etwas merken laſſen — als ob er —

Der Schulz (lächelnd.) Ei nun, Herr Amtmann, freilich hatte ich ſo einen Gedanken. Es kommt auf Frau Roſinen an.

Der Amtmann. Weil wir denn doch jezt an der Materie ſind, ſo dächt ich ihr beiden Leute machts auch gleich richtig. Friſch Frau Roſine.

Frau Roſine (beſchämt.) Wenn ſie meynen, Herr Amtmann.

Der Amtmann. Freilich meyn ichs ſo, und er auch Hr. Schulz?

Der Schulz. Ich bins zufrieden.

Margrethe. Da ſteh ich wie ein Narr und weiß nicht, wie ich daran bin.

Mi»

Michel. Hab ein Paar Schuh drüber verlaufen, und soll nun mit der langen Nase abziehen!

Der Amtmann. Wißt ihr was, Michel, bleibt ihr hier und laßt's euch beim Hochzeitschmauß wohl seyn, so geht doch wenigstens euer Magen nicht leer aus. Nehmt euch aber das zur Regel: Wer zu sicher gehen will, bekommt mehrentheils gar nichts.

Michel (krazt sich hinter den Ohren und mit einer weinerlichen Stimme.) Meine hundert Thaler!